CB057588

texto e ilustrações de **JOSÉ LUANDINO VIEIRA**

Kaxinjengele e o Poder
uma fábula angolana

Copyright © José Luandino Vieira e Letras e Coisas, 2007

Editoras
Cristina Fernandes Warth
Mariana Warth

Coordenação editorial
Raphael Vidal

Coordenação gráfica e diagramação
Aron Balmas

Esta edição mantém a grafia do texto original angolano, adaptado ao novo Acordo Ortográfico da Língua Portuguesa, com preferência à grafia angolana nas situações em que se admite dupla grafia e preservando-se o texto original nos casos omissos.

Todos os direitos reservados à Pallas Editora e Distribuidora Ltda. É vetada a reprodução por qualquer meio mecânico, eletrônico, xerográfico etc., sem a permissão por escrito da editora, de parte ou totalidade do material escrito.

Este livro foi impresso em abril de 2012, na Gráfica Assahi, em São Paulo. O papel do miolo é o couché 150g/m² e a capa dura é revestida com couché 150g/m². A família tipográfica utilizada é a Utopia.

CIP-BRASIL. CATALOGAÇÃO-NA-FONTE
SINDICATO NACIONAL DOS EDITORES DE LIVROS, RJ

V715k

Vieira, José Luandino, 1935-
   Kaxinjengele e o poder : uma fábula angolana / texto e ilustração de José Luandino Vieira. - Rio de Janeiro : Pallas, 2012.
   16p. : il.

   ISBN 978-85-347-0477-9

   1. Contos angolanos. I. Título.

12-0748.
                                        CDD: 869.3
                                        CDU: 821.134.3-3

Pallas Editora e Distribuidora Ltda.
Rua Frederico de Albuquerque, 56 – Higienópolis
CEP 21050-840 – Rio de Janeiro – RJ
Tel./fax: 21 2270-0186
www.pallaseditora.com.br
pallas@pallaseditora.com.br

texto e ilustrações de **JOSÉ LUANDINO VIEIRA**

Kaxinjengele e o Poder
uma fábula angolana

PALLAS

Rio de Janeiro, 2012

Angola é o país de origem desta fábula

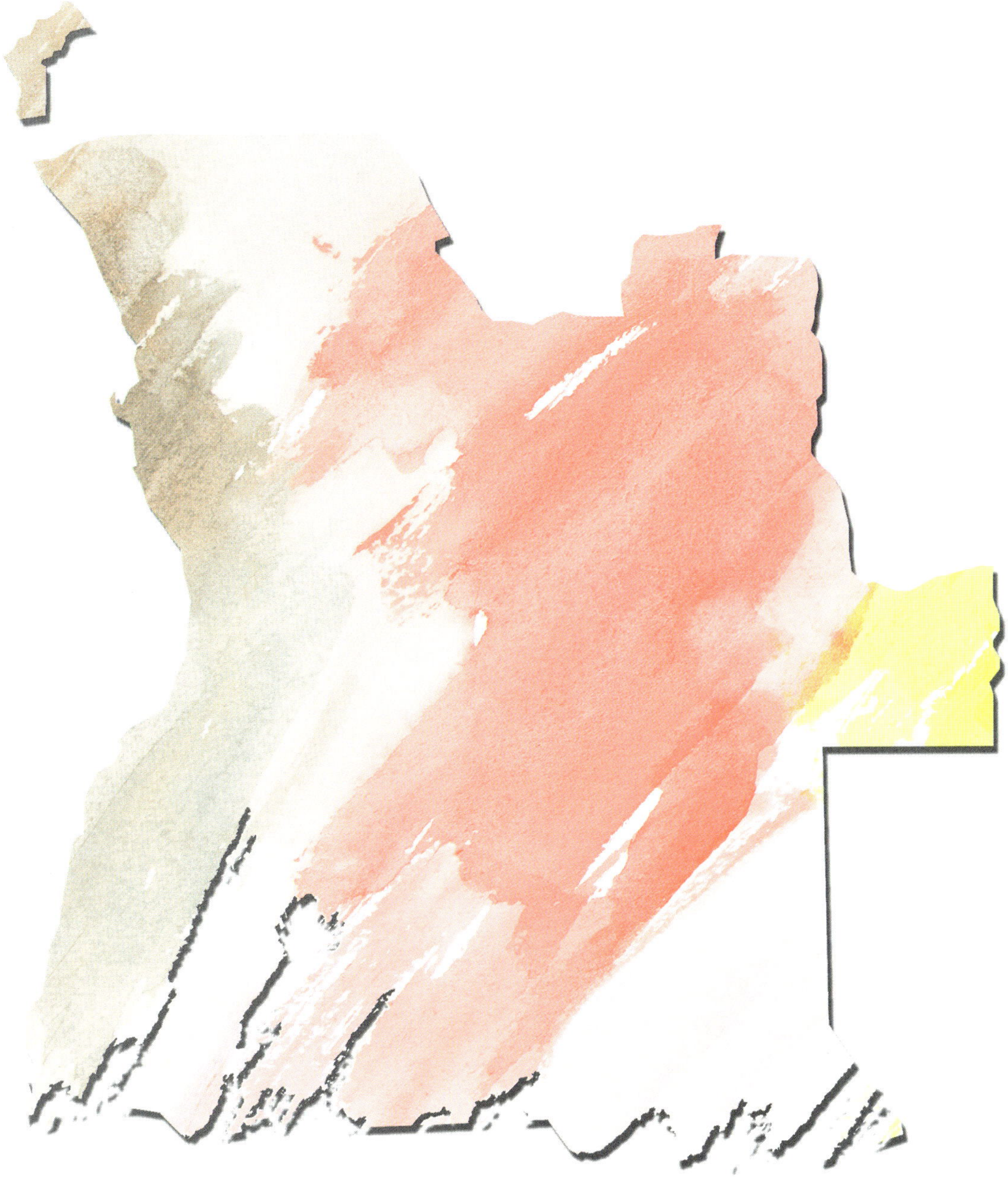

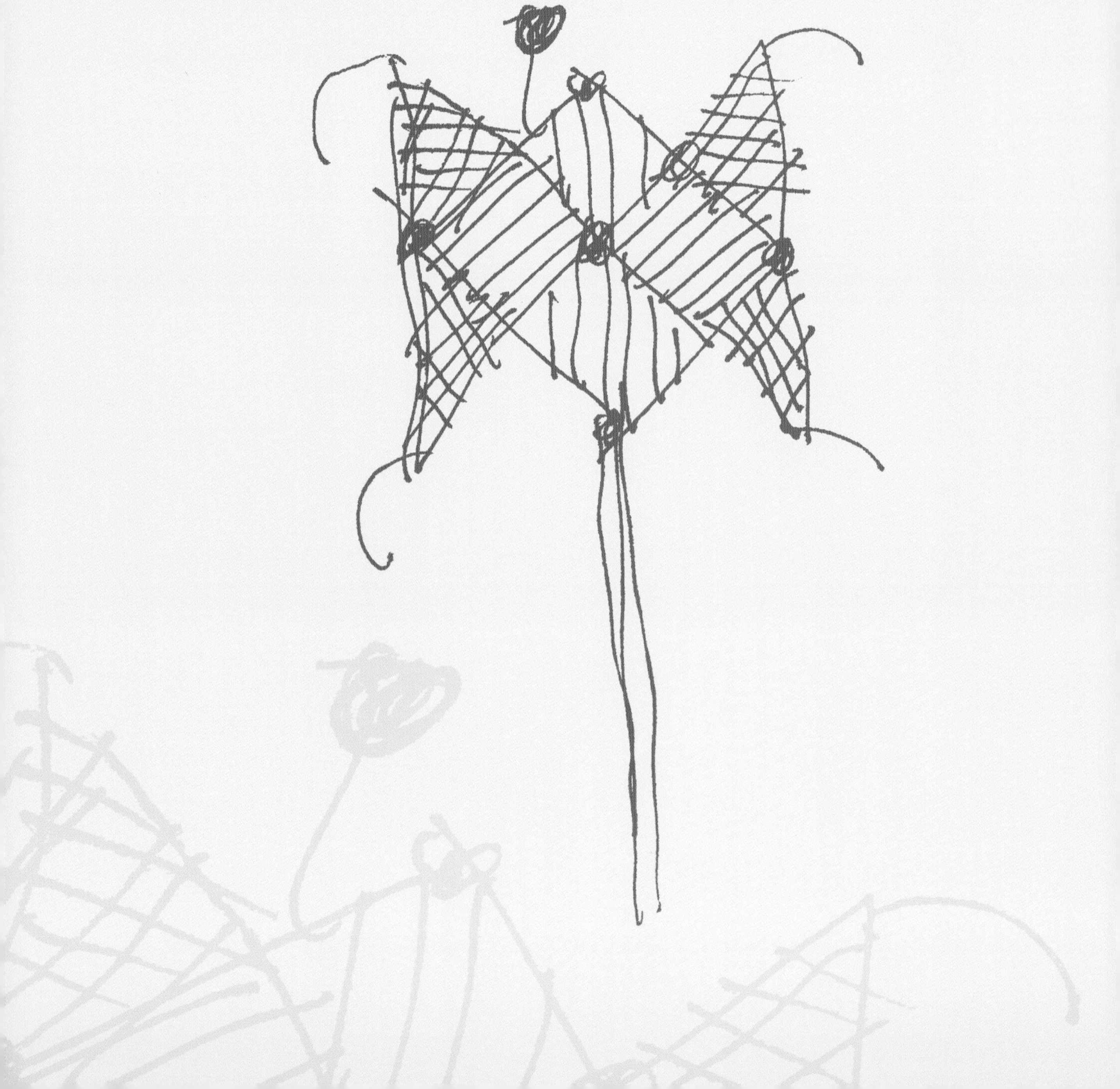

Kaxinjengele

é um dos personagens desta fábula...

...que vai agora ser contada!

E veio o tal dia.

"Kaxinjengele!" – disseram o povo –
"temos vontade de te dar o poder.
Votamos!"

Disse ele logo-logo:

"Que seja já **hoje**!"

Responderam o povo:
"Só faltam as insígnias.
Vamos buscar!"

Kaxinjengele respondeu mais:
"Não é preciso! Por mim tudo bem! Desde que seja **hoje**…!"

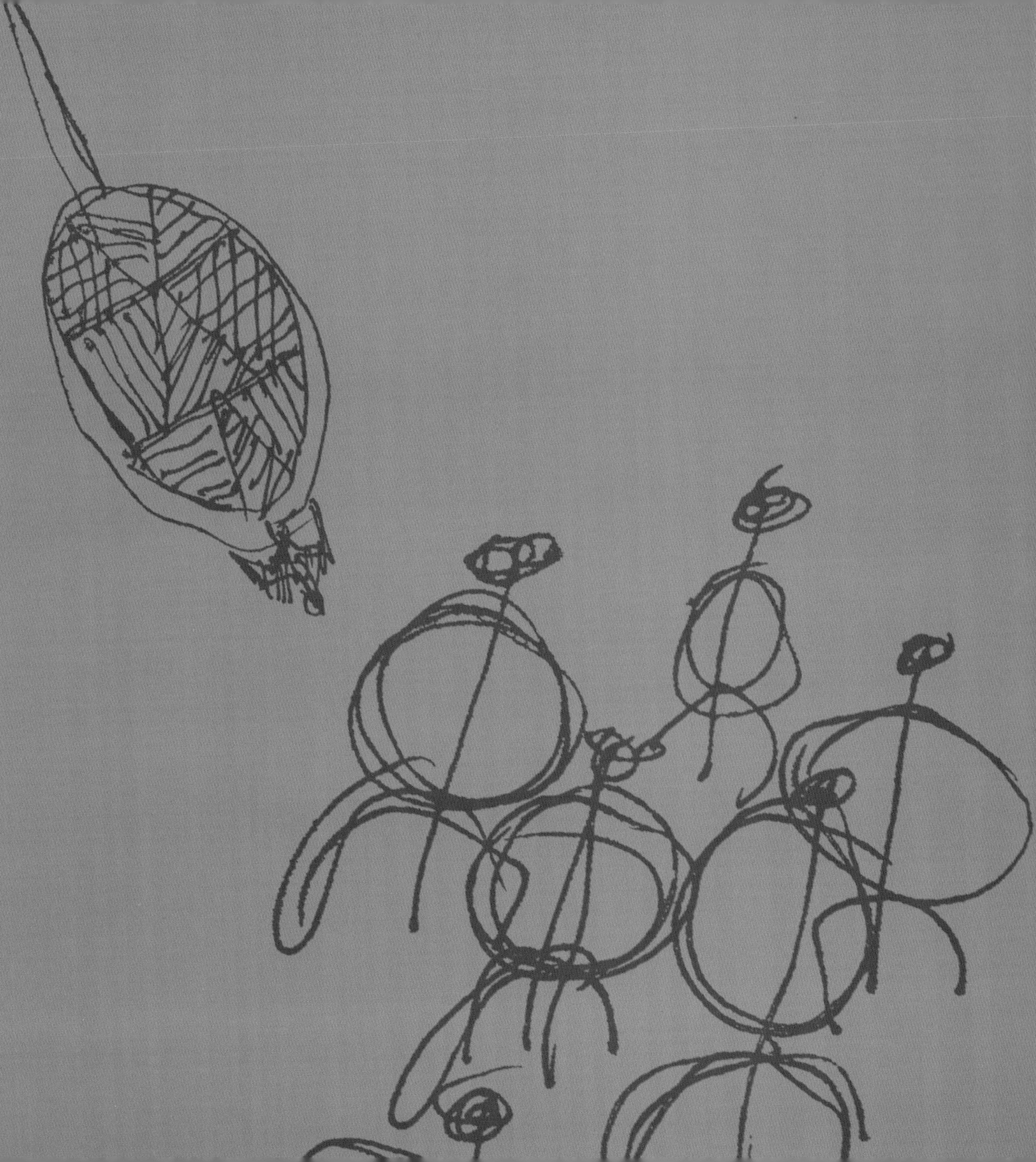

Kaxinjengele   Nganga   Muundu

O povo, aí, desconfiaram: "Olha lá! Estávamos à espera das insígnias e tu só 'que seja **hoje** – que seja **hoje**?!'

Queremos votar e tu não podes esperar?"

Já contei: o Kaxinjengele queria muito o poder. Mas o povo disseram:

"Com '**hoje** e **hoje** e mais **hoje**' perdeste, Kaxinjengele, o poder! Quem não pode esperar para ser proclamado não é capaz de governar!"

O "**imediatamente**" é que lixou o Kaxinjengele.

Tenho dito.

José Luandino Vieira, nasceu em Portugal no dia 4 de Maio de 1935. Porém, passou toda a infância e juventude em Luanda. Tornou-se um cidadão angolano pela sua participação no movimento de libertação nacional e contribuição no nascimento da República Popular de Angola. Membro fundador da União dos Escritores Angolanos, grande parte de sua obra foi escrita nas diversas prisões por onde passou, consequência de sua atividade política que reflete brilhantemente em sua literatura.